Anonym

Verzeichniss der vo 6. Juli 1856 an von der K.S. Akademie der Künste zu Dresden öffentlich ausgestellten Werke der bildenden Kunst

Anatiposi

Anonym

Verzeichniss der vo 6. Juli 1856 an von der K.S. Akademie der Künste zu Dresden öffentlich ausgestellten Werke der bildenden Kunst

Unveränderter Nachdruck der Originalausgabe.

1. Auflage 2023 | ISBN: 978-3-38200-008-0

Anatiposi Verlag ist ein Imprint der Outlook Verlagsgesellschaft mbH.

Verlag: Outlook Verlag GmbH, Zeilweg 44, 60439 Frankfurt, Deutschland
Vertretungsberechtigt: E. Roepke, Zeilweg 44, 60439 Frankfurt, Deutschland
Druck: Books on Demand GmbH, In de Tarpen 42, 22848 Norderstedt, Deutschland

Verzeichniss

der

vom 6. Juli 1856 an

von der

K. S. Akademie der Künste

zu

DRESDEN

öffentlich ausgestellten

Werke der bildenden Kunst.

———

Preis 5 Neugr.

DRESDEN.

Druck von Liepsch & Reichardt.

Vorwort.

———

Nachdem während eines Zeitraumes von sechs Jahren alljährlich eine kurze Notiz über die Wirksamkeit der Kunstakademie dem Ausstellungs-Catalog vorausgeschickt wurde, erscheint es nicht unangemessen, mit der Veröffentlichung des diesjährigen Berichtes zugleich eine zusammenfassende Wiederholung des in gedachter Zeit Geschehenen und Geleisteten zu geben.

Die Akademie hatte sich bei unveränderter Organisation fortwährend eines gedeihlichen Fortschrittes auf dem von ihr eingeschlagenen Wege zu erfreuen und die zum Theil sehr tüchtigen Leistungen ihrer Schüler, welche in den Ausstellungen der letzten Jahre vor die Oeffentlichkeit traten, dürften wohl ohne Ueberhebung als ebensoviel Beweise für die Richtigkeit der von ihr festgehaltenen Lehrgrundsätze anzusehen sein.

Der akademische Rath erlitt im Jahre 1855

1*

einen schweren Verlust durch den Tod seines unermüd-
lich thätigen und von warmer Liebe für Kunst und
Wissenschaft begeisterten Vorsitzenden, des Geh.
Hofrath Dr. H. W. Schulz, dessen Stelle Herrn Geh.
Rath Kohlschütter interimistisch übertragen wurde.
Ausserdem ward durch königliche Verordnung in diesem
Jahre der Director des Antikencabinets und des Mengs'-
schen Museums, Herr Prof. Dr. Herrmann Hettner, wel-
cher bereits im verflossenen Winter die früher von dem
verstorbenen Dr. Schulz gehaltenen Vorträge über
Kunstgeschichte übernommen hatte, zum Mitglied des
akademischen Raths ernannt.

Die Ateliers für Historienmalerei der Professo-
ren Schnorr und Hübner erhielten nach beendigtem
Neubau des Zwingers dort geeignete Lokalitäten; dem
Vorstand des Holzschneide-Ateliers, Bürkner, ward im
Jahre 1855 das Prädicat „Professor" verliehen.

Aus dem Lehrercollegium schied durch den
Tod im Jahre 1854 Professor Arnold nach 30jähriger
Dienstzeit im 69. Lebensjahre, an dessen Stelle der
Lehrer Bary zum Professor ernannt, während der Histo-
rienmaler Schurig als Lehrer angestellt wurde. Profes-
sor Vogel v. Vogelstein liess sich im November 1852 in
Ruhestand versetzen, an seine Stelle wurde der Bildhauer
Hähnel zum Professor ernannt. Bei eingetretenen Ver-
hinderungen einzelner akademischer Lehrer traten der
Kupferstecher Langer und der Maler Schönherr zeitweise
vicarirend ein. Professor Hauschild nahm 1851 seinen
Abschied aus dem Staatsdienste; an dessen Stelle wirkte

interimistisch an der Bauschule Architect Hahn, bis im
März 1853 Architect Arnold als dritter Lehrer an der
Bauschule angestellt wurde.

Neben den regelmässigen wissenschaftlichen Vor-
lesungen über Kunstgeschichte, Anatomie, Perspec-
tive und Mathematik nahmen fortwährend mehrere
Schüler an den Vorträgen des Herrn Voigtländer über
Anatomie der Hausthiere Theil, und ward ausserdem
noch das Studium vaterländischer Alterthümer im Museum des k. s. Alterthumsvereins in den Lehrstunden-
plan mit aufgenommen.

Die fortwährend stark benutzte akademische
Bibliothek erhielt 1855 neue Verwaltung und Re-
gulativ; dieselbe zählt ca. 1790 Bände und ward ausser
den Ankäufen durch mehrere Geschenke des h. Ministe-
riums des Innern und einzelner Professoren vermehrt.

Die Kunstausstelluug, für welche in diesem
Jahre die Commission aus den Herren Professoren
Hübner, Hähnel und Hettner von Seiten des akademischen Raths, und den Herren Hammer und Wegener vom
selbstständigen Künstlerverein besteht, brachte in jedem
Jahre die Leistungen der Akademie· in erfreulicher
Weise vor die Augen des Publikums. Unter den auf
Anlass der daselbst ausgestellten Arbeiten den Schülern
verliehenen Prämien, in goldnen und silbernen Me-
daillen und Ehrenzeugnissen bestehend, ist die Ver-
leihung der grossen goldnen Medaille an den Schüler
des Prof. Rietschel, R. Dorer, einen geborenen Schwei-
zer, zu erwähnen, welcher als Ausländer das grosse

Reisestipendium nicht erhalten konnte. Dieses wurde verliehen:

1850 dem Architect, dermaligen akademischen Lehrer Ch. F. Arnold aus Drehbach.

1851 dem Bildhauer Wittig in Rom (ausnahmsweise auf ein drittes Jahr).

1852 dem Kupferstecher W. O. Ufer aus Neustdt.b.St.

1853 dem Bildhauer Wittig in Rom (ausnahmsweise auf ein viertes Jahr), dem Historienmaler Schönherr (250 Thlr.) und dem Kupferstecher Ufer (200 Thlr.) als Zusatzbewilligung.

1854 dem Bildhauer Schilling, dem Architect Giese.

1855 dem Historienmaler Zumpe.

Aus den Ueberschüssen des Reisestipendienfonds wurde 1851 ein Gemälde: „Scene aus Heinrich v. Kleist's Erzählung: Michael Kohlhaas" von W. Hahn, angekauft. Der bereits im Vorwort von 1850 ausgesprochene Wunsch, die eine Hälfte der, anderntheils dem Künstlerunterstützungsfond zufallenden, jährlichen Einnahme der Kunstausstellung auf den Ankauf von Kunstwerken verwenden zu können, fand durch die Genehmigung von Seiten der Stände im Jahre 1850 seine Erfüllung. Es wurden seitdem aus diesem Fonds erworben:

1850 Zerrissener Kranz von Elise Wagner, für 80 Fd'r.

„Kommet her zu mir, Alle, die ihr mühselig und beladen seid" von Prof. Peschel, für 250 Thlr.

1851 Landschaft von R. Kummer, für 350 Thlr.

Leda von Th. Grosse, für 200 Thlr.

1852 Grosse norwegische Landschaft von Prof. Dahl, für 800 Thlr. (mit einem Zuschuss aus dem Fond der k. Gemäldegallerie von 432 Thlr. 27 ngr. 7 pf.).

1853 Der Michigan-See von H. Müller, für 200 Thlr.

1854 Verlobung der heil. Catharina von Prof. Jäger, für 250 Thlr.

Hirsche, von Wölfen auf's Eis getrieben, von Wegener, für 60 Thlr.

Alle hier erwähnten Bilder wurden mit Allerhöchster Genehmigung der Sammlung der Lindenaustiftung einverleibt, welche jetzt in den obern Räumen des neuen Museums eine würdige Aufstellung gefunden hat. Leider endete bereits im Jahre 1854 die Lindenaustiftung mit dem in diesem Jahre zu Altenburg erfolgten Tode ihres hochherzigen Gründers, Jakob Bernhard von Lindenau, der einen zuerst 700 Thlr., später 600 Thlr. betragenden Theil seiner Pension als K. S. Staatsminister zum Ankauf von Werken sächsischer Künstler ausgesetzt und in dieser Weise den Stamm einer Sammlung von Werken lebender Künstler gebildet hatte, welche hoffentlich einer fortgesetzten Vermehrung aus öffentlichen Mitteln nicht entbehren wird. Die Akademie beschloss, das Andenken dieses insbesondere auch um sie so verdienten Mannes durch ein äusseres Zeichen zu bewahren und das aus Beiträgen ihrer Mitglieder gestiftete, vom Professor Rietschel modellirte und auf der Gräfl. Einsiedelschen Giesserei zu Lauchhammer in Erz gegossene Bildniss des Verstorbenen, welches sich auf der diesjährigen Kunstausstellung befindet, an der Vorderseite des Akademiegebäudes anbringen zu lassen, während zugleich auch damit die Absicht verbunden wurde, dem verewigten Dr. Schulz ein ähnliches Gedenkzeichen zu stiften.

Nachträglich erwähnen wir hier noch die bis 1854 bestellten und erworbenen Gemälde der Lindenaustiftung wie folgt:

für 1850. Christusknabe von Engeln umgeben von Professor Bary (noch unvollendet).

1851. Columbus vor dem Rath zu Salamanca von J. Röting (jetzt in Düsseldorf lebend).

1852. Der Tod Jwan des Schrecklichen, von Prof. J. C. Bähr.

1853 Albrecht Dürer in Venedig, von Th. von Oër.

1854. Wiedererweckung der Tabea, von C. Schönherr.

Das Staatsbudget der Akademie wurde beim Landtag von 1855 um 133 Thlr.;

A. Finanzperiode 1855|57,

13957 Thlr. etatmässig, 1423 Thlr transitorisch = 15380 Thlr. Sa.

B. Finanzperiode 1852|54,

13737 Thlr. etatmässig, 1510 Thlr. transitorisch = 15247 Thlr. Sa.

Mithin 1855|57,

220 Thlr. etatmässig m e h r, 87 Thlr. transitorisch we-
niger = 133 Thlr. Sa. mehr

erhöht; dagegen konnte der so lange gehegte und von den höchsten Behörden eben so vollständig anerkannte Wunsch einer festen Position im jährlichen Staatsbudget zur Herstellung von öffentlichen Werken der Kunst noch nicht zur Verwirklichung gelangen, doch wird dieser Punkt, als die richtigste Ergänzung aller Thätigkeit der akad. Lehranstalten immer von Neuem wieder in seiner ganzen Wichtigkeit als eine Lebensfrage der lebenden Kunst Seitens des Akad. Rathes in Anregung gebracht werden.

Akademische Ehrendiplome wurden ertheilt:

1850. Herrn Hofrath Hanfstängl, Lithograph in München.

1851. Fräulein Elise Wagner, Blumenmalerin in Dresden.

Herrn Ludwig Gruner, Kupferstecher in London, (jetzt Director des hiesigen Kupferstichcabinets).

Herrn Prof. Wilhelm Schirmer, Landschaftsmaler in Düsseldorf, jetzt Dir. der Grossherz. Badenschen Kunstschule zu Carlsruhe.

1852. Don José de Madrazo, Director der königl. Kunstakademie in Madrid.

1853. Herrn Stadtbaucommissar Bothen.

Herrn Historienmaler Th. v. Oër.

Herrn Historienmaler Gonne, sämmtlich in Dresden.

1856 Herrn Münzgraveur C. R. Krüger in Dresden.

Die Anzahl der Schüler in den verschiedenen Jahren seit 1850, wird aus folgender Tabelle ersichtlich:

Kunſtakademie.

Zeit:	In Summa	Fremde	Neuaufge= nommene	Freiſcheine erhielten
Winterh. $18\frac{50}{51}$	117	51	10	32
Sommerh. 1851	100	41	15	31
Winterh. $18\frac{51}{52}$	109	44	19	31
Sommerh. 1852	105	37	13	29
Winterh. $18\frac{52}{53}$	100	34	12	35
Sommerh. 1853	94	28	22	29
Winterh. $18\frac{53}{54}$	110	32	17	40
Sommerh. 1854	99	27	18	35
Winterh. $18\frac{54}{55}$	116	36	10	44
Sommerh. 1855	103	26	15	40
Winterh. $18\frac{55}{56}$	114	31	10	45
Sommerh. 1856	99	28	14	35

Bauſchule.

In Summa	Fremde	Neuaufge= nommene	Freiſcheine erhielten
44	3	7	4
30	2	3	3
39	1	11	6
32	2	9	4
42	4	7	5
23	3	9	1
46	7	12	5
30	4	5	4
39	3	11	3
24	2	5	2
37	4	9	3
24	4	3	2

Wenn hierbei die Gesammtschülerzahl sich ziemlich gleich bleibt, wird doch eine stetige Abnahme der die Akademie besuchenden Ausländer bemerkbar, während anderntheils die Anzahl der Freischeine Empfangenden sich vergrössert.

Was im Allgemeinen die Verhältnisse der Akademie betrifft, so kann man sich allerdings nicht verhehlen, dass, bei der Leichtigkeit der Aufnahme in die Akademie, und bei dem Verlockenden, welches das seinem innern Wesen nach immer nur in freier Weise zu fassende künstlerische Studium ausübt, fortwährend eine grosse Anzahl junger Leute, besonders der unbemittelten Stände sich dem Künstlerberuf widmet, ohne doch die dazu so durchaus nothwendige Befähigung des Talentes, verbunden mit der ganzen Energie des Characters zu besitzen, welche allein die Ueberwindung der unzähligen, unvermeidlichen, gerade dem Künstler auf seinem Lebensweg sich entgegenstellenden Schwierigkeiten ermöglichen. Wenn auch diese Mängel noch im Laufe der akad. Lehrzeit den jungen Männern häufig selbst klar werden mögen, so wird es ihnen dann doch um so schwerer, einen andern Beruf zu ergreifen, und nur zu oft müssen sie bei weiterem Vorgehen auf ihrer künstlerischen Laufbahn statt sich zu fördern, vielmehr in die drückendsten Verhältnisse gerathen. Eine wirksame Abhülfe für diesen Uebelstand, würde der Akad. Rath nur in Errichtung einer Elementarzeichnenschule sehen können, in welcher neben andern technischen Kenntnissen das Zeichnen für jeden Lebensberuf, der aus dieser Fähigkeit Vortheil ziehen kann, in seinen Elementen gründlich gelehrt würde, und aus welcher alsdann nur die talentvollsten und strebsamsten der Schüler in die eigentliche Kunstakademie gelassen und aufgenommen werden dürften. Möge die Erfüllung dieses auch von der hohen Staatsregierung auf das Lebhafteste in seiner Berechtigung anerkannten Wunsches nicht mehr fern sein! Wenn wir somit unser diesjähriges Vorwort schliessen, wie könnten wir es besser thun, als indem wir die schöne Hoffnung aussprechen, dass die Theilnahme unserer Mitbürger eine stets wachsende und zunehmende sein möge, wie für die Kunst im Allgemeinen, so für unsere Anstalt insbesondere, an welcher in verschiedenartigster Weise bedeutende Lehrkräfte einer befähigten Jugend ihre uneigennützige Thätigkeit weihen. Möge insbesondere die Gelegenheit zu einer künstlerischen Bethätigung der Kräfte von Meistern und Schülern, Lehrenden und Lernenden noch oft in der Weise wiederkehren, wie dies jüngst bei der äussern und innern Ausschmückung des neuen Museums in schöner Weise, und wir dürfen hinzufügen, zum Ruhme deutscher Kunst der Fall gewesen.

Oelgemälde.

R. Baade
in München.

1. Ein Herrensitz. Mondscheinlandschaft.

150 Thlr.

2. Scene an der norwegischen Küste.

200 Thlr.

G. Bleibtreu
in Düsseldorf.

3. Die Verwundung des Prinzen von Oranien (später Wilhelm III. König von Holland) in der Schlacht bei Waterloo.

Der Prinz, durch einen Schuss durch den linken Arm zu Boden gestreckt, liegt in den Armen des Capitains Jules Constant de Villars. Dicht dahinter hält ein nassauischer Soldat das Pferd des Capitains, hinter ihm der Major eines vorbeiziehenden nassauischen Bataillons und der holländische Obrist-Leutnant Baron von Heerdt.

60 Frsd.

L. Boll
in Dresden.

4. Landschaft am Bodensee.

40 Thlr.

W. Brücke
in Berlin.

5. Ansicht des Klosters Araceli mit einem Theil des Kapitols in Rom.

15 Fd'or.

6. Ansicht des Vesuvs.

4 Fd'or.

Castel
in Dresden.

7. Sonnenuntergang an der Elbe.

Creutznach
in Dresden.

8. Rheinfels.

9. Nonnenwerth mit dem Siebengebirge.

R. Fischer
in Berlin.

10. Motiv aus dem Oetz-Thal in Tyrol.

12 Fd'or.

11. Parthie am Brienzer See in der Schweiz.

15 Fd'or.

Friedrich
in Dresden.

12. Kuhstall.

30 Thlr.

Gille
in Dresden.

13. Herbstlandschaft.

G. Guffens
in Antwerpen.

14. Madonna mit dem Kinde.
15. Der Lobgesang.

G. Hahn
in Dresden.

16. Kreuzgang im Schnee.   Motiv aus Hildesheim.

120 Thlr.

Guido Hammer
in Dresden.

17. Die freie Jagd.

G. Hasse
in Dresden.

18. Hühnergruppe.

J. Helfft
in Berlin.

19. An der Küste von Amalfi.

20 Fd'or.

Hermsdorf
in Dresden.

20. Parthie aus Böhmen.

15 Thlr.

Hilger
in Düsseldorf.

21. Klosterhof im Schnee.

340 Thlr.

A. Höninghaus
in Dresden.

22. Aus dem Albanergebirge.

35 Fd'or.

23. Parthie bei Rocca di Papa (Albanergebirge.)

10 Fd'or.

24. Composition im Charakter der Appeninen.

25 Fd'or.

25. Composition, idyllische Landschaft.

10 Fd'or.

26. Motiv aus dem Bayrischen Gebirge.

6 Fd'or.

27. Landschaft.

5 Fd'or.

28. Landschaft.

5 Fd'or.

W. Hottenroth
in Dresden.

29. Am Meeresstrande.

150 Thlr.

Julius Hübner,
Professor an der Akademie in Dresden.

30. Carl V. im Kloster zu St. Juste in Spanien. Mehr
noch von Krankheit als von Jahren gebeugt, sieht

man den Kaiser mit dem Brevier in der Hand in einem alten Lehnstuhl, in schwarzem Pelz gekleidet, in der Sonne sitzend. Zur Seite seine Lieblinge, zwei Affen, welche seine Schwester, die Königin von Portugal ihm geschenkt hatte, ebenso wie den auf der Stuhllehne sitzenden sprechenden Papagei. Am Piedestal der Säulen, welche den Hintergrund bilden, des Kaisers Motto: Plus ultra mit den Säulen des Herkules, zu seinen Füssen ein Beet mit Tulpen, seinen Lieblingsblumen.

30a. Madonna mit Heiligen. Hausaltärchen. In der Mitte Maria mit dem Kinde, zur Linken S. Magdalena, und zur Rechten S. Chatharina, grau in grau, in tempera.

Auf der Aussenseite sind zwei musicirende Engelkinder.

A. Karst
in Dresden.

31. Scene vor der Fischerhütte.

Kiessling
in Dresden. Sch. d. Hrn. Dir. Schnorr.

32. Christus und Maria Magdalena.

60 Thlr.

E. Kirchbach.
in Dresden. Sch. d. Hrn. Dir. Schnorr.

33. Jephtha.

600 Thlr.

2 *

E. Kirchner
in München.

34. Parthie vom Kurfürst - Friedrichsbau. Eingang in das Schloss Heidelberg.

300 Thlr.

R. Kummer
in Dresden.

35. Die Sandalm mit dem hohen Tödi im Canton Glarus.

450 Thlr.

Marie Leonhard
in Dresden.

36. Holzsammler im Winter.

4 Fd'or.

Leypold
in Dresden.

37. Schiffmühle mit städtischer Umgebung.

400 Thlr.

J. Lindler
in Düsseldorf.

38. Die Jungfrau in der Schweiz.

60 Fd'or.

Emma Lingké
in Dresden.

39. Junge Katze mit dem Ball spielend.

8 Thlr.

Prof. F. C. Mayer
in Nürnberg.

40. Vorbereitung zu einem Kirchenfest im hohen Chor des Doms zu Augsburg.

400 Thlr.

Meixner
in München.

41. Durchgehendes Ackergespann.

Michaelsen
in Dresden. Sch. d. Hrn. Prof. Hübner.

42. Der verunglückte Courier.

20 Thlr.

43. Desgl.

20 Thlr.

44. Kosaken auf der Flucht.

20 Thlr.

Michelis
in Dresden.

45. Blick auf den Brand, die Bastei und die Bärensteine.

200 Thlr.

M. Mühlig
in Dresden.

46. Scene aus dem 30jähr. Kriege, (Plünderung eines Dachbodens).

70 Thlr.

M. Müller
in Dresden.

47. Kniestück eines Knaben.
48. Knabenbrustbild.
49. Kindergruppe.

P. Müller
in Dresden.

50. Mädchen am Bache.

Erwin Oehme
in Dresden.

51. Oeder Park nach dem Gewitter.

Papperitz
in Dresden.

52. Das Thal bei Elche im südlichen Spanien.

250 Thlr.

53. Die Sierra nevada bei Granada.

120 Thlr.

G. Perlberg
in Nürnberg.

54. Italienische Schnitter, ihr Mittagsbrod verzehrend.

150 fl.

Rafeld
in Dresden.

55. Küchentisch.

150 Thlr.

Marie von Rouvroy.
in Düsseldorf.

56. Auf der Wandrung.

170 Thlr.

57. Schwarzwälder Mädchen.

25 Fd'or.

L. Scheins
in Düsseldorf.

58. Winterlandschaft.

35 Fd'or.

59. (Vacat).

E. Schleich
in München.

60. Ebene bei München.

200 Thlr.

61. Ernte am Starenberger See.

150 Thlr.

B. Schmelzer
in Dresden. Sch. d Hrn. Prof. Hübner.

62. Der Tod des Wilddiebs.

Man sieht den jugendlichen Leichnam auf einer Bahre im Vorflur eines Försterhauses, umgeben von seinen Angehörigen, Mutter. Schwester und Brüdern; denen der alte Förster in strenger Weise die schrecklichen Folgen der verbrecherischen Leidenschaft der Wilddieberei vorhält. Neben ihm steht einer der Träger, der andere ist im Hintergrund mit dem getödteten Hirsch beschäftigt, den Landleute neugierig umstehen.

A. Schmidt
in Dresden.

63. Winterlandschaft.

Sattler
in Dresden.

64. Magdalena.

20 Fd'or.

Schmieder
in Dresden.

65. Ein Sägenschärfer.

20 Thlr.

C. Schönherr
in Dresden.

66. Christus der gute Hirte.

P. Schotel
in Düsseldorf.

67. Ansicht der englischen Küste bei Sonnenuntergang.

76 Thlr.

68. Ansicht der holländischen Küste.

66 Thlr.

Schramm
in Dresden.

69. Ein Wiedersehen.

15 Fd'or.

Prof. J. C. Schultz
in Danzig.

70. Fontana tartarugha in Rom.

12 Fd'or.

71. Triumphbogen des Trajan auf dem Molo zu Ancona.

10 Fd'or.

R. Seidemann
in Dresden.

72. Kauft doch Veilchen.

verkäufl.

73. Nehmen sie doch einen Feuerriepel mit.

ditto.

Seydel
in Dresden.

74. Vesperzeit auf dem Lande.

250 Thlr.

Sparmann
in Dresden.

75. Parthie aus der sächsischen Schweiz.

250 Thlr.

76. Parthie am Waldbach bei Hallstadt.

W. Stademann
in München.

77. Winterlandschaft.

120 fl.

G. Steffan
in München.

78. Aus dem Hinterrheinthal im bayrischen Hochgebirge.

400 Thlr.

79. Ein Herbsttag in den Glarner Alpen.

300 Thlr.

H. Tiedge
in Dresden.

80. Kapelle, Motiv aus der Burg in Nürnberg.

20 Thlr.

Thieme
in Dresden.

81. Portrait.

F. Voigt
in Dresden.

82. Maria, das schlummernde Christuskind im Schooss, anbetende Engel das Wiegenlied singend.

F. Voltz
in München.

83. Idylle. (Ein Mädchen hütet Schafe.)

275 Thlr.

H. Wagner
in Dresden.

84. Aus dem Buch Tobiae.

400 Thlr.

Hoftheatermaler O. Wagner
in Dresden.

85. Eine Bergstadt

80 Thlr.

86. Mondschein.

15 Thlr.

Walther
in Dresden.

87. Die ertappten Diebe.

80 Thlr.

W. Wegener
in Dresden.

88. Waldbrand mit flüchtenden Thieren aus den innern Landschaften des nördlichen Amerika.

2000 Thlr.

Auf dem Bilde zeigen sich die wilden Büffel oder Bisonten, der grosse canadische Hirsch Wapiti, welcher die Grösse eines mittleren Pferdes besitzt, und eine kleine Hirschart (cervus virginianus), verwilderte Pferde von der Grösse der Pony's, weisse Wölfe (canis occidentalis) und der graue bellende Wolf (canis latrans). Seitwärts erblickt man eine graue Bärin (ursus ferox), welche, wie das die Bärinnen thun, ihre Jungen auf dem Rücken tragend, dieselben zu retten sucht. In der Mitte des Bildes springt ein weiblicher Puma oder amerikanischer Silberlöwe, auch Kuguar genannt, mit seinem liebsten Jungen aus dem Dickicht, worin er verborgen war, bis die Gewalt der anstürmenden Thiere zu gross ward. Die Thiere flüchten dem Wasser zu, wo sie, auf einer Insel anlangend, erschöpft ruhen, der Wolf neben dem Hirsche, der Kuguar beim Bisonkalbe.

89. Ueberschwemmungsscene aus Bengalen.

1000 Thlr.

Durch fürchterliche Gewitter veranlasst, steigen die indischen Ströme und Seen oftmals in kurzer Zeit zu ungewöhnlicher Höhe an und überschwemmen die unermesslichen Jungles, Unterholz und 10 — 15 Fuss hohes Röhricht, darinnen sich Elephanten und Rhinocerose, Hirsche, Antilopen, der Neelghan, Büffel, Schweine und andere Thiere befinden, auch fehlen die Tiger nicht. Da sieht man nun diese Thiere truppweise fliehen. Büffel und Schweine machen sich wenig daraus, denn sie schwimmen sehr gut, aber der Tiger, aufgeschreckt aus seiner Sicherheit, ist in Verzweiflung, weil er das Wasser scheut und ein schlechter Schwimmer ist. Die Thiere flüchten nach einer Höhle, und ein Krokodill strebt aus dem Wasser empor, weil die hereinstürzenden Stämme und Steine es aus seinem Elemente treiben. Der charakteristische Baum Indiens Ficus religiosa mit seinen Luftwurzeln ist auf der linken Seite des Bildes zu sehen.

90. Schneegestöber mit umgeworfenem Schlitten.
120 Thlr.

91. Umgeworfener Töpferwagen.
140 Thlr.

92. Mondscheinlandschaft. Privatbesitz.

R. Wehle
in Meissen.

93. Die Albrechtsburg in Meissen. Nordöstl. Ansicht

94. Der Dom zu Meissen mit dem Schloss.

95. Hof mit dem neu restaurirten Thurm.

96. Südöstliche Ansicht des Domes zu Meissen.

97. Innere Ansicht des Domes zu Meissen.

Wichmann
in Dresden.

98. Anbetung der Weisen.

99 „Kommet her zu mir, Alle, die ihr mühselig und beladen seid, ich will euch trösten. Farbenskizze.

100. Elisabeth und Maria mit dem schlafenden Christkinde.

101. Weibliches Portrait. Brustbild.

102. Weibliches Portrait. Kniestück.

A. v. Wille
in Düsseldorf.

103. Parkscene.

30 Fd'or.

Wolf
in Dresden.

104. Parthie aus der sächsischen Schweiz.

200 Thlr.

Minna Ziel
in Rostock.

105. Weibliches Portrait.

F. Zimmermann
in München.

106. Genfer See.

300 Fcs.

M. Zimmermann
in München.

107. Parthie am Starenberger See mit grosser Eichen-
gruppe.

200 Thlr.

Aquarelle, Zeichnungen, Stiche &c.

L. Choulant
in Dresden.

108. Canalparthie in Venedig. Aquarelle.

3 Fd'or.

109. Parthie an der Piazetta in Venedig. Ebenso.

4 Fd'or.

Conradi
in Dresden.

110. Portrait. Aqu.

111. Weibliches Portrait auf Elfenbein.

112. Portrait des Kaisers Nicolaus, nach Krüger in Aqu.

8 Fd'or.

F. Flinzer
in Dresden.

113. Ein Affe vorm Spiegel. Aqu.

114. Triumph des Märchens. Zeichnung.

3 Thlr.

115. Triumph der Sage. Ebenso.

3 Thlr.

116. Das Märchen vom Hans, der das Gruseln lernen wollte. Ebenso.

12 Thlr.

B. Genelli
in München.

117. DieVerstossung aus dem Paradiese. Aqu.

M. Krantz
in Dresden.

118. Zwei kleine Mädchen. Bleistiftzeichnung.

15 Thlr.

Kupfer
in Dresden.

119. Blumenstück. Aqu.

120. Aehnlicher Gegenstand. Ebenso.

Ockert
in München.

121—135. Rauchzeichnungen.

Sagert
in Dresden.

136. Die Strickstunde. Stahlstich nach Meyerheim.

Prof. J. C. Schultz
in Danzig.

137—142. Danzig und seine Bauwerke. 6 Radirungen.

Schulz
von Crefeld.

143 u. 144. 2 Zeichnungen zu den Evangelien.

Seifert
in Dresden.

145. Kopf der Madonna von Holbein.   Zeichnung.

G. Steinbrecher
in Dresden.

146. 4 Holzschnitte aus Schnorr's Bilderbibel.

Prof. Steinla
in Dresden.

147. Madonna del pesce nach Rafael.   Kupferstich.

F. Stöber
k. k. Kammerkupferstecher in Wien.

148. Portrait Ihrer Majestät der Kaiserin Elisabeth von
Oesterreich.   Stahlstich.

C. Täubert

149. Schloss Lohmen in der sächs. Schweiz. Gouache.

8 Thlr.

150. Niederländische Schenkstube.

3 Thlr.

---

5 Kupferstiche aus dem Atelier des Prof. Thäter
in München.

J. Burger
aus Burg im Canton Aarau.

151. Die Steinigung und Vision des h. Stephanus, nach
einem Carton von J. Schraudolph.

J. Ernst

aus Winterthur.

152. Symphonie nach einem Carton von M. v. Schwind.

Durch Beethovens Phantasia für Clavier, Orchester und Chor wurde Moritz von Schwind zu einer bildlichen Darstellung folgenden Inhaltes angeregt.

Dem ersten Allegro als dem ersten Hauptbestandtheil einer Symphonie entsprechend, sehen wir auf dem untersten Bilde Alles in voller Regsamkeit. An den Seiten dieses Bildes stehen in zwei Nischen die Bildsäulen der Liebe und der Musik, welche sogleich andeuten, was da vorgeht. Auf dem Privattheater eines Schlosses oder Badeortes steht vor der bekränzten Büste Beethovens im Hintergrunde der Musik-Direktor, und leitet die Aufführung des erwähnten Tonstückes. Vor den gräflichen und nichtgräflichen Dilettanten erhebt sich im Vordergrunde die Solosängerin; sie fesselt vornehmlich die Aufmerksamkeit jenes Mannes, welcher aufrecht und gerade unbeschäftigt zwischen den Musikern steht, die um den Direktor und um das Clavier geschaart sind.

Ueber diesem Bilde sehen wir Amor und Psyche von einander abgewendet und gefesselt ruhen. — Wir sind bereits in das schwärmerische und melancholische Andante versetzt. — Ueber dem für Amor und Psyche bestimmten Raum begegnen wir jener Sängerin, auf einem einsamen Felsenpfade und jenem jungen Manne, der an einem Felsenabhang ruht. — In beiden sinnen und trauern der gefesselte Amor und die gefesselte Psyche; nun aber werden die Fesseln zerrissen, und es beginnt das sprudelnde Scherzo.

Ganymed, der Spender des Göttertrankes rauscht auf seinem Adler empor. — Da musiciren Amoretten, und umgeben von einem reizenden Maskentanz sagen sich in einem abgesonderten Blumengemach die beiden Liebenden was sie auf dem Herzen haben.

Nun kommt in dem obersten Halbrundbilde das Finale, in welchem alle Verwicklungen aufgelöst sind. — Im blumengeschmückten Reisewagen erhebt sich die vom Arm ihres Gatten umschlungene junge Frau und blickt auf die im Gebirg gelegene neue Heimath; diese zeigt ihr der Gatte mit seiner freien Hand, und fröhlich wird nun derselben zugeeilt.

Zu beiden Seiten des Andantebildes befinden sich in vier Medaillons Darstellungen der vier Tageszeiten. — Als Morgen erscheint der bereits von der Sonne beschienene Bergesalte mit dem Alpenhorn und mit der Gemse zur Seite, während

ihm zu Füssen die Ebene noch schläft. — Den
Mittag vergegenwärtigt die Nixe, welche ihr
Haar strählt, und sich in der sonnigen Fluth
spiegelt. — Als Abend erscheint beim Aufgang
des Mondes der Geist der träumerischen Däm-
merung — und dann kommt die Nacht mit dem
Schleier und mit den Kindern, Tod und Schlaf.
— An die Kraft des Badens und Thaues, und an
die Lust des Reisens mahnen kleinere Bilder.

An eine Waldarabeske mit Waldthieren
schliessen sich die Darstellungen der vier Jah-
reszeiten an, welche jenes oberste Halbrundbild
umrahmen. — Die vier Winde, Ost- Süd- West-
und Nord-Wind charakterisiren uns der Reihe
nach die in jeder Jahreszeit vorherrschende Be-
schaffenheit der Atmosphäre. — Der geflügelte
Frühling bietet Liebenden Kränze dar; die Schal-
mei ertönt und Tanz erhebt sich. — In der
heissen reifmachenden Sommergluth erquickt
Schlummer und Bad. — Vor der Regenzeit, in
der die Frucht abfällt, flüchtet sich Alles. — Der
Winter fesselt die fruchtbare Erde und nur noch
das dürre Holz spendet Wärme. — Das sind
auch Lebensbilder.

C. Kräutle
aus Schramberg in Würtemberg

153. Rudolph v. Habsburg's Wahlspruch nach einem Carton von J. Schnorr.

R. Petzsch
aus Dresden.

154. Die Schlacht Rudolph's von Habsburg gegen Ottokar von Böhmen, nach einem Carton von J. Schnorr (unvollendet).

H. Walde
aus Bautzen.

155. Der Tod Barbarossa's, nach einem Carton von J. Schnorr.

Tiedge
in Dresden.

156. St. Michaeliskapelle im Kloster Marienthal. Ruhestätte der Henriette Sonntag. Aqu.

2 Fd'or.

157. Kreuzgang, Motiv aus dem Magdeburger Dom. Ebenso.

12 Thlr.

158. Kapelle. Motiv aus dem Landauer Kloster in Nürnberg. Ebenso.

20 Thlr.

Wegener

in Dresden.

159. Der tibetanische Büffel.   Aqu.

160. Das Dsiggetai   Ebenso.

161. Zigeuner.   Ebenso.

162. Waldlandschaft.   Zeichnung.

Hoftheatermaler **Wagner**

in Dresden.

163. Strasse in einem Landstädtchen.   Aqu.

3 Fd'or.

Sculpturen.

Christofani

in Dresden.

164. Büste des Hof-Opernsänger Tichatscheck.

W. Kraukling

in Dresden.

165. Büste des wirkl. Staatsrathes und Akademikers Dr. Adolph Theodor von Kupfer aus Petersburg, des berühmten Metereologen und Begründers der physikalischen Observatorien.

166. Männliche Büste.

167. Büste des Hofraths und Oberbibliothekars Dr. Gustav Klemm.

3 Thlr.

Prof. Rietschel
in Dresden.

168. Christus am Kreuze mit Maria, in Bronze gegossen im gräfl. Einsiedel'schen Hüttenwerk Lauchhammer.

1600 Thlr.

169. Portrait des verstorbenen Staatsministers v. Lindenau, in Bronze gegossen ebendasalbst.

Schwenck
in Dresden, Schüler des Herrn Prof. Rietschel.

170. Silen mit dem Bachus.   Copie nach der Antike.

6 Thlr.

Erster Nachtrag.

Oelgemälde.

O. Achenbach
in Düsseldorf.

171. Landschaft.

L. Boll
in Dresden.

172. Parthie bei Interlaken im Berner Oberland.

60 Thlr.

W. Cordes
in Lübeck.

173. Schmuggler.

65 Fd'or.

Prof. Dahl
in Dresden.

174. Landschaft bei Kongsberg in Norwegen. Oberer
Fall des Labroefoss daselbst.

700 Thlr.

175. Die Stadt Stedje auf der Insel Möhen in Dänemark bei Mondschein mit brennender Windmühle.

180 Thlr.

S. Dahl
in Dresden.

176. Henne mit Küchlein.

25 Fd'or.

B. Fischer
in Dresden.   Schüler des Herrn Prof. Hübner.

177. Die Wittwe.

80 Thlr.

A. Frank
in Königsberg.

178. Ein Brunnen in Constantinopel.

15 Fd'or.

O. Georgi
in Vorbrücke bei Meissen.

179. Egyptische Landschaft.

120 Thlr.

Gonne
in Dresden.

180. Weibliches Portrait.

H. Grüder
in Dresden.

181. Weibliches Portrait.

182. Weibliches Portrait.

F. Gifford
in Niederlössnitz.

183. Die Jungfrau von Orleans.

A. Helm
in Dresden.

184. Portrait eines Hundes.

G. Hennig
Prof. a. d. Akad. in Leipzig.

185. Don Manuel, auf der Verfolgung eines Wildes begriffen erblickt zum ersten Mal Beatrice. (Aus Schillers „Braut von Messina".)

200 Thlr.

S. Habenschaden
in München.

186. Hochwild im Sumpf.

150 Thlr.

G. Hahn
in Dresden.

187. Parthie aus dem alten Theile von Hamburg.

20 Thlr.

Höninghaus
in Dresden.

188. Villa Poniatowsky bei Rom.

10 Fd'or.

189. Sonnenaufgang.

10 Fd'or.

190. Mondaufgang.

10 Fd'or.

Prof. C. Hübner
in Düsseldorf.

191. Am Grabe der Mutter.

500 Thlr.

W. Junker
in Dresden.

192. Portraitgruppe.

A. Kleinig
in Dresden.

193. Herbstnachmittag.

H. Kluge
in Dresden.

194. Männliches Portrait.

W. Klein
in Düsseldorf.

195. Das Innthal bei Brennbichl.

50 Fd'or.

196. Das Kloster im Gebirge.

16 Fd'or.

A. Lier
in München.

197. Korn-Erndte.

50 Thlr.

Lindemann Frommel
in Düsseldorf.

198. Uferlandschaft.

C. Lieske
in München.

199. Angeschossener Hirsch.

J. Lichtenberger
in Dresden.

200. Weibliches Portrait

Mühlig
in Dresden.

201. Der Bär mit den Beeren.

F. Müller
in München.

202. Die Eisenbahnbrücke über die Fulda bei Cassel.

O'Stückenberg
in Dresden.

203. Kühe auf der Alpe weidend.

204. Ziegen.

C. Ockert
in München.

205. Heimkehr von der Jagd.

100 Thlr.

G. Papperitz
in Dresden.

206. Eichwald in Abendbeleuchtung aus der Umgebung von Dessau.

400 Thlr.

Rechlin
in Berlin.

207. Se Majestät der König Friedrich Wilhelm III.
und Se. Majestät der Kaiser Alexander von Russ-
land auf dem Schlachtfelde von Kulm am 30.
August 1813. Den hohen Monarchen werden
Vandamme und andre gefangene französische
Generale, eroberte Kanonen und Fahnen vorge-
stellt, während im Hintergrund das Gefecht nach
Nollendorf hin fortgesetzt wird.

G. Reibisch
in Dresden.

208. Männliches Portrait.

Rosenfelder
Dir. d. Kgl. Kunstakademie zu Königsberg.

209. Weibliches Portrait.

F. Rotermund,
Schüler des Herrn Prof. Bendemann.

210. Das Gleichniss der klugen und thörigten Jungfrau.

C. Rundt,
Kgl. preuss. Hofmaler.

211. Kapelle Palatina vom König Roger im Jahre 1200
im Schlosse zu Palermo erbaut.

120 Fd'or.

212. Das Innere der Peterskirche in Rom. Am Grü-
nen Donnerstag zur Nachtzeit werden die heiligen Reliquien gezeigt

36 Fd'or.

M. Schmidt
in Berlin.

213. Waldige Landschaft nach dem Regen.

45 Fd'or.

214. Morgenlandschaft.

18 Fd'or.

Schulz von Crefeld
in Dresden.

215—218 Vier männliche Portraits.

C. Seybicke
in Dresden.

219. Henne mit Küchlein vom Fuchs überrascht.

100 Thlr.

220. Henne mit Küchlein.

60 Thlr.

Simonson,
Schüler des Herrn Prof. Bendemann in Dresden.

221. Ein Eremit zeigt dem Tancred, welcher dem Kreuzheer vorausgeeilt ist, die heiligen Orte Jerusalems.

222. Weibliches Portrait.

O. Speckter
in Hamburg.

223. Die Mutter im Kuhstalle.   Privatbesitz.

F. Wolf
in Dresden.

224. Ein Hirtenmädchen.

225. Weibliches Portrait.

Adelheid Wagner
in Lyon.

226. Lazarus von Engeln getragen. 35 Ld'or.

Elise Wagner
in Lyon. Ehrenmitglied der Kgl. Kunstakademie zu Dresden.

227. Blumenstück.

Th. Weber
in Berlin.

228 Seestück.

10 Fd'or.

229. Baumparthie bei Dessau.

16 Fd'or.

E. Winkler
in Dresden.

230. Männliches Portrait.

A. Wolf
in Dresden.

231. Landschaft.

A. Zimmermann
in München.

232. „Der Rabenstein" nach Goethe's Faust.

600 Thlr.

A. Zeh,
Schüler des Herrn Prof. Richter in Dresden.

233. Rast auf der Jagd.

180 Thlr.

Aquarelle, Zeichnungen, Stiche etc.

E. Büchel,
Schüler des Herrn Prof. Steinla.

234. Die Samaritanerin mit Christus am Brunnen. Zeichnung.

235. Die Musik aus dem Ballsaal des Königl. Schlosses nach Bendemann. Zeichnung.

S. Delapeine
in Genf.

236 – 239. Drei Landschaften in Kohle.

Gonne
in Dresden.

240. Weibliches Portrait. Zeichnung.

A. Glaser
in Düsseldorf.

241. Der Zinsgroschen nach Tizian. Vereinsblatt des Düsseldorfer Kunstvereins. Kupferstich.

Fr. Halm
in Dresden.

242. Portraits in Aquarell.

Prof. Hammer
in Dresden.

243. Der Sprudel in Karlsbad. Aqu., verkäuflich.

244. Parthie an der Weiseritz. „ „

245 Desgleichen. „ „

246 Mondscheinlandschaft. Motiv aus dem Spree-
wald. Aqu., verkäuflich.

247. Mühle an der Weiseritz in Plauen. Aqu., verkäuflich.

Hofmaler C. Naumann hier.

248. Männliches Portrait. Aqu.

Fr. Remde,
Grossherzogl. Sächs. Hofmaler in Hamburg.

249. Eine junge Dame am Clavier. Aqu.

20 Fd'or.

250. Der Unterricht.

16 Fd'or.

C. Rolle
in Dresden.

251. Hero. Aqu.

J. Scholz
in Dresden.

252. Weibliches Portrait. Pastell.

A. Semmler,
Schüler des Herrn Prof. Steinla in Dresden.

253. Madonna nach Murillo. Probedruck. Kupferst.

M. Trenkwald
in Wien.

254 Tezels Ablasskram. Carton.

255. Aufstand in Pisa. Carton.

B. Weiske,
Schüler des Herrn Prof. Rietschel in Dresden.

256. Kinderfries. Photographie nach einer Bleistift-zeichnung.

2 Thlr.

Wendisch
in Dresden.

257. Orchideenkranz. Gouache.

4 Ld'or.

258. Victoria regia.

3 Ld'or.

E. Winkler
in Dresden.

259. Weibliches Portrait. Pastell

Sculpturen.

K. Knoll
in München.

260. Der Tannhäuser Sängerschild.

Der äussere Kreis zeigt, von den allegorischen Figuren der Sage, des Märchens, der Germania und der Geschichte umschlossen, in vier Feldern: Tannhäusers Unterricht und erste Liebe, sein Auftreten im Sängerkrieg auf der Wartburg, die Pilgerfahrt nach Rom und die Schlussscene mit dem Papst. Der nächste Kreis versinnlicht die dämonischen Schrecken des Geisterreichs in Wuotans wilder Jagd, der dritte schildert das Leben der lieblichen Geisterwelt im Innern des Hörselberges und das Mittelfeld zeigt Tannhäuser mit Frau Venus in seliger Umarmung.

Schwenck
in Dresden, Schüler des Herrn Prof. Rietschel.

261. Christus und die büssende Magdalena.

262 Madonna.

10 Thlr.

Arbeiten der Schüler

der

Königl. Akademie der bildenden Künste

zu

Dresden und Leipzig.

A.

Kunstakademie zu Dresden.

Untere Klasse.

Unter Leitung der Professoren Rentzsch, Bary und des Lehrers Schurig.

263. Kopf nach Gyps gezeichnet von Gocht.

264. Desgl. von Thiele.

265.   - - Winterstein.

266.   - - demselben.

267.   - - Engelbrecht.

268.   - - Slotte.

269. Akt nach Schnorr, gezeichnet von demselben.

270. - - Seifert, gez. von Strauss.

271. - - Langer, gez. von Braune.

272. - - Rietschel, gez. von Strecker.

273. Gewand nach Schurig, gez. von demselben.

274. - - Seifert, gez. von Engelbrecht.

275. Akt nach Matthäi, gez. von demselben.

276. Schädel nach dems, gez. von Hohneck.

277. Desgl., gez. von Pfaffer.

278. Hände nach Matthäi, gez. von dems.

279. Kopf nach König, gez. von Krieg.

280. - - Schurig, gez. von Schwarz.

Mittlere Klasse.

Unter Leitung der Professoren Krüger, Peschel und Bähr.

281. Der Ziegenträger, nach Gyps gez. von Roth.

282. Apollino, desgl. von Bach.

283. Der Ziegenträger, desgl. von F. Müller.

284. Bacchus, desgl von Schmidt.

285. Silen mit dem Bacchus, desgl. von Mentzel.

286. Der borghesische Fechter, desgl. von Kapser.

287. Discuswerfer, desgl. von Beichling.

288. Silen mit dem Bacchus, desgl. von v. Zahn.

289. Der Ziegenträger, desgl. von Richter.

290. Arm des Discuswerfer, desgl. von v. Deutsch.

291 Bein desselben, desgl. von dems.

292. Kopf des Homer, desgl. von dems.

293. Bacchusmaske, desgl. von Clauss.

294. Kopf des Agrippa, desgl. von Weck.

295. Kopf der Juno, desgl. von Bachmann.

296 Kopf des Homer, desgl. von Wünschmann.

297. Weiblicher Kopf von O. Müller.

Obere Klasse.

Unter Leitung der Professoren Rietschel, Hübner, Schnorr von Carolsfeld, Hähnel und Ehrhardt.

298. Kopf nach der Natur gemalt von Kiesling.

299. Desgl. von dems.

300. Desgl. von dems.

301. Desgl. von dems.

302. Desgl. von dems.

303. Desgl. von dems.

304. Desgl. von dems.

305. Desgl. von O. Schmidt.

306. Desgl. von dems.

307. Desgl. von dems.

308. Desgl. von Dittrich.

309. Desgl. von dems.

310. Desgl. von dems.

311. Kopf nach der Natur gezeichnet von Aster.

312. Desgl. von dems.

313 Akt nach der Natur gemalt von dems.

314. Desgl von dems.

315. Desgl. von dems.

316. Akt nach der Natur gezeichnet von Steglich.

317. Desgl. von dems.

318. Kopf desgl. von dems.

319. Desgl. von dems.

320. Gewand desgl. von dems.

321. Desgl. von Mentzel.

322. Akt desgl. von dems.

323. Kopf desgl. von dems.

324. Desgl. von dems.

325. Desgl. von Thomas.

326. Desgl. von dems.

327. Desgl. von dems.

328. Desgl. von Körner.

329. Desgl. von dems.

330. Desgl. von Kamphövner.

331. Desgl. von v. Zahn.

332. Akt desgl. von dems.

333. Desgl. von Bach.

334. Desgl. von Schmidt.

335. Desgl. von dems.

B.

Bauschule zu Dresden.

Unter Leitung der Professoren Nicolai und Heine, sowie des
Zeichnenlehrers Architekt Arnold.

I. Abtheilung (Atelier).

336—339. Messungen und Aufnahme der Kirche
S. Maria dei Miracolai in Venedig, eingeschickt
von dem Reise-Stipendiat der K. S. Akademie,
Ernst Giese.

340—344. Entwurf zu einer Markthalle mit dem an-
gegebenen Bauplatz Altmarkt Nr. 12, 13 und 14,
und gr. Kirchgasse Nr. 7 u. 8, von G. Aeckerlein.

345—348. Entwurf zu einem herrschaftl. Landhause
nach gegebenem Programm, von B. Schreiber.

349—352. Entwurf zu einem Landhause nach gegebenem Programm, von W. Wagner.

353—355. Entwurf zu einem Casino für eine kleine
Stadt, nach gegebenem Programm, von R. Heyn.

356—359. Entwurf zu einem dergl., von F. Kluge.

360. Skizze zu dem Entwurf eines dergl., von A.
Kreuzkamm.

II. Abtheilung.

361—365. Entwurf zu einem eingebauten Wohnhause nach gegebenem Programm, von B. L. Grimm.

366. Detail eines Fensters, gez. und das dazu gehörige Fenster selbst entworfen von J. O. Koch.

367—368. Entwurf zu einem Wohn- und Betriebs-gebäude auf gegebenem Bauplatz, von A. E. Lobeck.

369—372. Entwurf zu einem Eck-Wohn- und Kauf-hause auf gegeb. Bauplatz, von F. R. Heusinger.

373—74. Details eines dorischen Tempels in poly-chromischer Ausführung, gez. von C. Ch. Zopf.

375. Entwurf zu dem umlaufenden Gange des Hofes von einem Kaffeehause, in Rücksicht auf Eisen-construction, von F. R. Heusinger.

376—378. Entwurf zu einem Eck-Wohn- und Kauf-hause auf gegeb. Bauplatz, von C. Ch. Zopf.

379. Entwurf zu dem umlaufenden Gange des Hofes von einem Kaffeehause, in Rücksicht auf Eisen-construction, von C. A. Gäbel.

380—381. Entwurf zu einer Gensdarmerie-Caserne an einer Landesgrenze, von demselben.

382—385. Entwurf zu einem Ausstellungssaale mit Anwendung von Eisenconstruction, von E. H. Wächler.

386—390. Entwurf zu einem Wohn- und Betriebs-
gebäude auf gegebenem Bauplatz, von dems.

391—392. Entwurf zu einer Försterei, von G. Th.
Anton.

393—394. Entwurf zu dem umlaufenden Gange eines
Hofes von einem Kaffeehause, in Rücksicht auf
Eisenconstruction, von dems.

395—396. Entwurf zu einer öffentlichen Badeanstalt
nach gegebenem Programm, von O. H. Klemm.

397. Detail eines Fensters, gez von F. E. Uhlig.

398. Aquarelle, Parthie aus dem Dome zu Meissen,
nach Hahn gez. von O. H. Klemm.

399. Ein Ornament von dem hiesigen neuen Museum,
nach Gips gez. von F. E. Uhlig.

400. Zwei Ornamente, nach Gips gez von J. Gäbler.

401. Ein Fries, nach einer Lithographie, gez. von
C. A. Gäbel.

402. Eine Pilasterfüllung, nach Gips gez. von A. H. E.
Lehmann.

403. Ornament, nach Gips gez. von F. R. Heusinger.

404. Ornament, nach Gips gez. von B. L. Grimm.

405—406. Zwei Ornamente aus dem hiesigen neuen
Museum, nach Gips gez. von G. R. Doberenz.

407. Ein dergleichen eben daher, nach Gips gez. von
C. Ch. Zopf.

408. Ornament, nach einer Lithographie gez. von
F. O. Ancke.

409—410. Drei dergleichen, nach Gips gez. von
J. O. Koch.

411—413. Entwurf zu dem Wohnhaus eines Kauf-
manns, für einen gegebenen Bauplatz von A. S.
Hertel.

414. Ein Neudorisches Gebälke mit Säule, nach Prof.
Thürmer gez. von J. C. A. Petzold.

415—421. Entwurf zu einem herrschaftlichen Eck-
Wohngebäude, nach gegebenem Programm von
F. O. Ancke.

422 Innere Ansicht eines Hofes, gez. von E. F.
Mohn.

423. Entwurf zu einer Gensdarmerie-Caserne an einer
Landesgränze, von G. R. Doberenz.

424. Entwurf zu einer kleinen Wache, nach gegebenem Programm von C. H. Köhler.

425—426 Entwurf zu einem Marstalle nach gegebenem Programm von A. H. E. Lehmann.

427—428. Details eines Fensters, gez. und das dazu
gehörige Fenster entworfen von C. H. Köhler

429. Detail eines dergl., gez. von H. G. Schneider.

430 Details dorischer Bauweise mit Anwendung von
Polychromie, gez. von E. F. Mohn.

431—432 Entwurf zu einer Försterei, von F. A. Stock.

433. Entwurf zu dem umlaufenden Gange um den Hof eines Kaffeehauses, in Rücksicht auf Eisenconstruction, von dems.

434—438. Entwurf zu einem Landgasthof, von F. E. Uhlig.

439. Entwurf zu dem umlaufenden Gange um den Hof eines Kaffeehauses, in Rücksicht auf Eisenconstruction, von dems.

440. Entwurf eines eisernen Fenstergitters, von A. H. E. Lehmann.

441. Eine Hausthüre, gez. und die Thüre selbst entworfen von H. A. A. Hottenroth.

442. Eine dergleichen, ebenso von J. O. Koch.

443. Eine dergleichen, ebenso von J. Gäbler.

444 Ein farbiger Plafond aus dem Palast del Te, gez. von C. A Gäbel.

445 Ein jonisches Säulencapitäl aus der Villa Poniatowsky, gez. von F. R. Heusinger.

446. Ein Consol, nach Arnold gez. von J. Gäbler.

447. Eine Fruchtschnure, nach Prof. Thürmer gez. von E. F. Mohn.

448. Ein korinth. Säulencapitäl, nach dems. gez. von O. H. Klemm.

449. Eine Pilasterfüllung, nach dems. gez. von dems.

450. Eine Rosette, nach dems. gez. von H. A. A. Hottenroth.

451. Ein Ornament, nach Gips gez. von F. A. Stock.

452. Ein dergl., nach Gips gez. von A. S. Hertel.

C.

Kunstakademie zu Leipzig.

Unter Leitung des Director Jäger und des Professor Hennig.

Dritte Abtheilung (Atelier und Modellsaal).

453. Männlicher Kopf nach dem Leben gemalt von Jul. Langer.

454. Akt desgl. von dems.

455. Männliches Portrait nach dem Leben gemalt von Rud. Schule.

456. Akt nach dem Leben gezeichnet von Jul. Langer.

457. Desgl. von G. Schweissinger.

458. Desgl. von Th. Schweissinger.

459—461. Akte desgl. von Rob Krause.

462. Männlicher Kopf desgl. von dems.

463—464. Akte desgl. von R. J. Koch.

465. Burg Zeno in Süd-Tyrol bei Meran, gemalt von F. H. Lauterbach.

466. In der Villa Wolgonsky zu Rom (Vigna Coelimontana), gemalt von F. A. Reinhardt.

150 Thlr.

467. Motiv aus dem Riesengebirge, gemalt von C. Heyn.

Zweite Abtheilung (Gypssaal).

468. Ziegenträger, gezeichnet von Rob Krause.

Erste Abtheilung (Kopirsaal).

469. Akt nach Prof. Hennig, gezeichnet von J. Lebe.

470. Desgl., gez. von G. Steger.

471. Desgl., gez. von P. Delitsch.

472. Desgl., gez. von dems.

473. Akt nach Dir. Jäger, gezeichnet von P. Riedel.

474. Anatomische Studien, gez. von E. Kern.

475. Merkur, gez. von dems.

476. Castor und Pollux, gez. von dems.

477. Akt nach Dir. Jäger, gez. von dems.

478. Akt nach Leutemann, gez. von C. E. O. Böhme.

479. Füsse, gez. von C. W. H. Reichel.

D.

Bauschule zu Leipzig.

Unter Leitung des Professors Geutebrück.

480. Entwurf eines Landhauses in einem Weinberge, von Bruno Giebenrath.

481. Entwurf zur Bebauung eines irregulären Bauplatzes mit mehreren Abtheilungen, von dems.

482. Entwurf zu einer Försterwohnung, von dems.

483. Entwurf eines Gebäudes zu einer Speisewirthschaft und zur Aufnahme einer geschlossenen Gesellschaft, von dems.

484. Entwurf eines Stadtgebäudes an einer Strassenecke, von dems.

485. Entwurf eines Stadtgebäudes auf irregulärem Bauplatze mit 3 Strassenfronten, von J. Hartick.

486. Entwurf eines Schulhauses einer kleinen Stadt von dems.

487. Façade in der Maxmiliansstrasse in München, gez. von E. Schröpel.

488. Grundriss-Entwurf eines Wohngebäudes mit gegebener Façade, von dems.

489. Entwurf eines landwirthschaftl. Wasch- und Backhauses, von A. Schneider

490. Entwurf eines Rindviehstalles nach dem System mit beweglichen Futterkrippen, von dems.

491. Entwurf zu einer Brandweinbrennerei mit Maststallungen, von dems.

492. Entwurf eines Stadtgebäudes auf irregulärem Bauplatze mit 3 Strassenfronten, von H. Wittig.

493. Entwurf eines Stadt-Schulhauses, von dems.

494 Entwurf eines eingebauten Stadt-Wohnhauses, von dems.

495. Entwurf eines Garten-Wohnhauses für einen Gelehrten, von A. Riechers.

496. Entwurf eines Bildhauer-Ateliers, von dems.

497. Façade eines Landhauses, gez. von dems.

498. Entwurf eines Schul- und Bethauses für eine kleine Gemeinde, entworfen von F. Schirmer.

499. Entwurf eines Garten-Wohnhauses für einen Gelehrten, von dems.

500. Die Begerburg im Plauischen Grunde, gezeichnet von dems.

501. Grundriss-Entwurf eines Vorstadt-Wohnhauses mit gegebener Façade, von L. Oehme.

502. Entwurf eines Vorstadt-Wohnhauses, von dems.

503. Entwurf eines Pavillons am Wasser, von August Harnisch.

503. Entwurf eines Stadthauses einer kleinen Stadt von G. Kahle.

505. Entwurf eines Stadtschulhauses, von dems.

506. Entwurf eines Turnhauses mit Lehrerwohnung, von C. Voigt

507. Landhaus, gez. von dems.

508. Entwurf eines eingebauten Wohnhauses, von K. Müller.

509. Entwurf eines Dorf-Restaurationsgebäudes mit Bäckerei von A. Lange.

510. Landhaus, gezeichnet von dems

511. Entwurf eines eingebauten Wohnhauses, von G. Lüders.

512. Entwurf zu einem Stadt-Schulhause, von O. F. Reise.

513. Salon mit Stallung in einem Milchgarten, gez. von dems.

514. Vorstadt-Wohnhaus, gez. von K. Krah

515. Sommer-Wohnhaus, gez. von dems.

516. Vorstadt-Wohnhaus, gez. von F Fickenwirth.

517. Façade des Schiesshauses auf der Theresienwiese in München, gez. von B Mönigke.

518. Gartensalon mit Weinlauben, gez. von dems.

519 Landhaus am Starenberger See bei München, gez. von A. Kober.

Kupferstiche

aus dem Verlage

von **Ernst Arnold** in Dresden.

Burger.

520 Amor einigt die Elemente der Musik, von Genelli.

Le Comte.

521. Madonna von G Romano.

522. Madonna von Francia.

Ernst.

523. Einweihung des Freiburger Münsters, von M. Schwind.

Forster.

524. Christus, von Seb. del Piombo.

Garavaglia.

525. Madonna, von Gemignano.

Glaser.

526 Die Anbetung der Weisen, von F. Francia.

Knolle.

527. Die Geburt, von C. Maratti.

528 Heilige Cäcilie, von C. Dolce.

529. Der Zinsgroschen von Tizian.

530. Magdalena, von Correggio.

Prof. Krüger.

531. Sofronia ed Olındo, von Overbeck.

Lefevre.

532. Der heil. Sebastian, von Correggio.

533. Die Nacht des Correggio.

Lutz.

534. S. Franzisco, von Correggio.

535. Madonna, von Bagna-Cavallo.

E. Mandel.

536. Carl I., von van Dyck.

Müller.

537. Mater dolorosa.

Planer.

538. Christus, von Bellini.

Sichling.

539. Portrait Thom. Morretts, von Holbein.

Siedentopf.

540. Venus, nach Tizian.

Prof. M. Steinla.

541. Die heilige Familie, von Palma.

542. Madonna San Sisto, von Rafael.

543. Madonna, von Holbein.

544. Der Kindermord, von Rafael.

Thäter.

545. Die Völkerscheidung, von Kaulbach.

546. Die apokalyptischen Reiter, von Cornelius.

———

Zweiter Nachtrag.

Oelgemälde.

Th. Blätterbauer
in Liegnitz.

547. Der Duxer Ferner in Tyrol.

6 Fd'or.

548. Parthie aus dem Oetz-Thal in Tyrol.

3 Fd'or.

549. Ländliche Scene.

3 Fd'or.

E. Brehmer
in Breslau.

550. Portraitgruppe.

J. Becker
in Frankfurt a. M.

551. Portraits zweier junger Damen.

6

Th. Choulant
in Dresden.

552. Verfallener Pallast am Canale grande in Venedig.

80 Thlr.

553. Die Kirche St. Donato auf der Insel Murano bei Venedig.

20 Fd'or.

Diethe
in Dresden, Sch. des Herrn Prof Bendemann.

554. Weibliches Portrait.

A. Tom Dieck
in Dresden, Sch. d. H. Dir. Schnorr v. Carolsfeld.

555. Heilige Cäcilie.

150 Thlr.

Edler,
Justizamtmann in Wolkenstein.

556. Parthie aus Steiermark.

F. Elb
in Dresden.

557. Männliches Portrait.

O. Erdmann
in München.

558. Der verrätherische Ring.

80 Thlr.

Joh. Frankl
in Wien.

559. Das Schifflein nach Uhland.

100 Fl.

Gliemann
in Dresden.

560. Weibl. Portrait.

561. Desgleichen.

562. Desgleichen.

Th. von Götz
in Dresden.

563. Scene aus dem Gefecht bei Düppel am 13. April 1849.

100 Fd'or.

F. Haarstick
in Düsseldorf.

564. Waldlandschaft mit Badenden.

14 Fd'or.

G. Hammer
in Dresden.

565. Zu spät! (Fuchs auf Raub ausgehend.)

120 Thlr.

C. Harveng
in Frankfurt a. M.

566. Aussicht in's Etschthal vom Kloster St. Peter bei Meran.

160 Thlr.

C. Heyn
in Leipzig, Sch. der Kunstakademie.

567. Motiv aus dem Riesengebirge. Die Schneekoppe.

8 Fd'or.

Kriebel
in Dresden.

568. Weibl. Portrait.

Fr. Lange
in Dresden, Sch. d. H. Dir. Schnorr v. Carolsfeld.

569. Christus am Kreuz.

Leonhardi
in Düsseldorf.

570. Landschaft.

571. Desgleichen.

G. Müller
in Dresden.

572. Gefangene Russen von französischen Carabiniers transportirt.

130 Thlr.

E. Papf
in Dresden.

573 Männliches Portrait.

O. Rietschel
in Dresden.

574 St. Sebastian.

300 Thlr.

575. Weibliches Portrait (Anna Löhn im Costüm der Virgilia im Coriolan von Shakespeare).

576. Männl. Portrait.

577. Desgleichen.

E. Resch
in Breslau.

578. Weibl. Portrait (Susanna Eckhardt, geb. den 28. October 1774).

L. Saupe
in Chemnitz.

579. Sonntags.

80 Thlr.

Friederike Sievers
in Dresden.

580. Portrait.

Seydel
in Dresden.

581. Langeweile.

200 Thlr.

582. Landschaft.

F. Wendler
in Dresden.

583. Guter Mond du gehst so stille.

90 Thlr.

W. Wegener
in Dresden.

584. Pferdestück.

220 Thlr.

585. Verkämpfte Hirsche.

180 Thlr.

Fr. Wachsmann
in Prag.

586. Lago del Cupio in Südtyrol.

150 Fl.

587. Winterlandschaft. Motiv aus Böhmen.

45 Fl.

A. Weber
in Dresden, Sch. d. H. Prof. Hübner.

588. Maria Magdalena geht am Ostermorgen nach dem Grabe des Herrn.

Walther
in Dresden, Sch. d. H. Prof. Hübner.

589. Die Mutter vorm Brodschrank.

100 Thlr.

Wichmann
in Dresden.

590. Weibl. Portrait.

Wolf
in Dresden

591. Weibl. Portrait.

Aquarelle, Zeichnungen, Stiche etc.

B. Genelli
in München.

592 Der brautwerbende Knecht Abrahams schmückt die Rebecca. Aquarelle.

593. Jacob hebt für Rahel den Stein vom Brunnen. Ebenso.

G. Hammer
in Dresden.

594. Angeschossener Hirsch.

15 Thlr.

595. Hirsch mit Wild am Wasser.

15 Thlr.

Mathilde Haupt
in Dresden, Sch. d. H. Scholz.

596. Portrait in Pastell.

597. Desgleichen. Ebenso.

A. Kretzschmar
in Dresden, Sch. d. H. Prof. Bürkner.

598 u. 599. Zwei Rahmen mit Holzschnitten.

H. Krone
in Dresden.

600. Der Amselfall in der sächsisch. Schweiz. Photographie in Oelfarben.

15 Thlr.

Th. Langer
in Dresden.

601—603. Das Leben der heil. Elisabeth nach den Wandgemälden auf der Wartburg, von Schwind. Kupferstiche.

M. Müller
in Dresden, Sch. d. H. Prof. Bürkner.

604. Ein Rahmen mit Holzschnitten.

J. Platzmann
in Dresden, Sch. d. H. Dir. Schnorr v. Carolsfeld.

605. Illustration zu einer Ode des Horaz. Kohlenzeichnung.

Quaas
in Dresden, Sch. d. H. Prof. Bürkner.

606—608. Drei Rahmen mit Holzschnitten.

Reusche
in Dresden, Sch. d. H. Prof. Bürkner.

609. Ein Rahmen mit Holzschnitten.

J. Rotermund
in Dresden, Sch. d. H. Prof. Bendemann.

610. Kaiser Barbarossa's Zug auf den Kyffhäuser, begleitet von Elfen, Hexen und Gnomen.

Schieferdecker
in Leipzig.

611. Männliches Portrait. Lithographie.

Schlegel
in Dresden.

612. Portrait. Aquarelle.

C. S. Seidel
in Dresden.

613. Winden. En Gouache.

J. W. Schirmer,
Director in Karlsruhe.

614. 26 biblische Landschaften.

1. Ein Frühlingsmorgen im Paradies.
   1. Buch Mose 2. Kap.

2. Der Garten im Paradies.
   1. Buch Mose 2. Kap.

3. Der Sündenfall.
   1. Buch Mose 3. Kap. 6. V.

4. Die Austreibung aus dem Paradies. Staffage nach Schnorr.
   1. Buch Mose 3. Kap. 24. V.

5. Die Arbeit.
   1. B. Mose 3. Kap. 25. V.

6. Kains und Abels Opfer. Staff. n. Schnorr.
   1. B. Mose 4. Kap. 5. V.

7. Der Tod Abels, der erste Mord. Staff. n. Schnorr.
   1. B. Mose 4. Kap. 8. V.

8. Wo soll ich hinfliehen vor Deinem Geist.

1. B. Mose 4. Kap. 14. V.

9. Die Erfindung der Künste, die Musik durch Jubal, die Baukunst durch Jabal, die Bildnerei durch Tubalkain, aus dem Stamme Kain's.

1. B. Mose 4. Kap. 20—22. V.

10. Zu derselben Zeit fing man an zu predigen von dem Namen des Herrn, im Stamme Seth's.

1. B. Mose 4. Kap. 26. V.

11. Der Einzug in die Arche Noa's vor der Sündfluth.

1. B. Mose 6—7. Kap.

12. Die Sündfluth.

1. B. Mose 7. Kap. 6. V.

13. Noa's Opfer.

1. B. Mose 8 Kap. 20—22. V.

14. Noa pflanzt Weinberge. Ein zweiter Schöpfungstag. . Herbstabend. Traubenlese.

1. B. Mose 9. Kap. 20. V.

15. Abraham's Einzug in das gelobte Land. Staff. nach Schnorr.

1. B. Mose 12. K. 3—7. V.

16. Die Verheissung Isaak's, Abraham's Glaube.

1. B. Mose 18. K. 1 u. 2. V.

17. Die Flucht Loth's.

1. B. Mose 19. Kap. 24—26. V.

18. Die Austreibung der Hagar und Ismael.

1. B. Mose 21. Kap. 14. V.

19. Die Noth in der Wüste.
   1. B. Mose 21. Kap. 15. u. 16. V.

20. Die Rettung und Verheissung.
   1. B. Mose 21. Kap. 17 u. 18. V.

21. Und gingen die Beiden miteinander. Abraham's Gehorsam.
   1. B. Mose 22. K. 8. V.

22. Isaak's Opfer.
   1. B. Mose 22. Kap. 10—13. V.

23. Tod der Sarah, Abraham's und Isaak's Klage.
   1. B. Mose 23. K. 1. u. 2. V.

24. Elieser und Rebecca. Staff. nach Schnorr.
   1. B. Mose 24 Kap. 18. V.

25. Isaak und Rebecca, erstes Sehen am Brunnen des Lebendigen und Sehenden.
   1. B. Mose 24. Kap. 62. u. 63. V.

26. Abraham's Begräbniss im Hain Mamre durch Isaak und Ismael   Ein Feierabend.
   1. Buch Mose 25. Kap. 9. V.

H. Williard
in Dresden.

615. Skizzen nach der Natur.
                                    à 1 Thlr.

Sculpturen.

J. Christofani
in Dresden.

616. Vase und Kanne in Gipsmodell.

H. Grundig
in Dresden.

617. Bronce-Medaille zum Andenken an Dr. Erbstein.

V. König
in Dresden.

618. Sr. Majestät des Königs Johann von Sachsen Medaillon in Gips.

W. Lichthardt
in Dresden, Sch. der Kunstakademie.

619. Weibliche Portraitbüste.